一个企业家的梦想

吴小龙◎著

上海文艺出版社

Shanghai Literature & Art Publishing House

图书在版编目（ＣＩＰ）数据

　　一个企业家的梦想 / 吴小龙著 . -- 上海：上海文艺
出版社 , 2023
　　（神农文化）
　　ISBN 978-7-5321-8924-3

　　Ⅰ . ①一… Ⅱ . ①吴… Ⅲ . ①散文集－中国－当
代 Ⅳ . ①I267

　　中国国家版本馆 CIP 数据核字 (2024) 第 008538 号

发 行 人：毕　胜
策 划 人：杨　婷
责任编辑：李　平　程方洁　汤思怡　韩静雯
封面设计：悟阅文化
图文制作：悟阅文化

书　　名：一个企业家的梦想
作　　者：吴小龙
出　　版：上海世纪出版集团　上海文艺出版社
地　　址：上海市闵行区号景路 159 弄 A 座 2 楼
发　　行：上海文艺出版社发行中心发行
　　　　　上海市闵行区号景路 159 弄 A 座 2 楼 206 室　201101　www.ewen.co
印　　刷：成都市兴雅致印务有限责任公司
开　　本：880×1230　1/32
印　　张：85
字　　数：2125 千
印　　次：2024 年 1 月第 1 版　2024 年 1 月第 1 次印刷
I S B N：978-7-5321-8924-3
定　　价：398.00 元（全 10 册）
告读者：如发现本书有质量问题请与印刷厂质量科联系　T：028-83181689

序

——

吴小龙

我的个人自传前两本书，主要是记录个人一路走来的历程，没有长篇大作，更没有闭门造车，随笔随意加以整理罢了。

《一个企业家的梦想》是我的第三本个人传记，是我从人防战线转战祖国石化战线时，做出人生重大决定时的决定。当时的心境，就如石油英雄王进喜为了工作往油井一跳，管他死活。

尽管当时考虑简单，但心中有一个默默概念，一定要产业报国，办好金辉石化，一息尚存，永不放弃。

四年来，不管是谁说我高个子也好，说我矮个子也好，说我胖也好，说我瘦也好，我总是笑着脸面对这个世界。

因为，我有我的梦想。

纵观历史，任何一个行业领跑者，他首先必定是一位杰出的思想者，先谋而后动是基本功，谋而不动，才是真正的幻想，确定了，往前走，如战斗到最后，才能实现梦想，梦想才能变成理想，你才是成功者。

本书收集了我近3年来一些随笔，碰到忽悠人，我浪费了钱财与时间，碰到贵人，使我懂得了人世间真情还在，人生低谷，你才能看清周围的一切。

静的日子，总有故园之恋，90高龄母亲大人期盼眼神，女儿对父爱的渴望，力挺我工作的友人，这些，都是我创作的动力源泉。

企业在东方上马开工后，本书一些文章将作为企业文化，在企业内部予以普及。

一个杰出的企业家，他一定是一位杰出的思想家，更是一位产业报国者。

我正朝着梦想在奔跑！

草于中国海口，2023.11.24

目录
CONTENTS

人要点长征精神

/

/

/

一代伟人毛泽东主席曾在《奋斗自勉》中说："与天奋斗，其乐无穷；与地奋斗，其乐无穷；与人奋斗；其乐无穷。"我总认为，人没有点革命精神，没有点长征精神，没有点敢闯精神，那就像女人缠脚不前了。也许是我身体里流淌着不安分的血液，也许想在这人世间写下自己不朽的名字，也许愿做一滴雨露滋润生我养我这片土地。我又对自己进行了一次革命，在保留人防行业的发展下，又冲向祖国的石油行业。石油对于中国乃至全世界都十分紧缺的，飞机在空中飞翔，舰艇在大海航行，汽车在陆地奔跑统统离不开油。从这个意义上讲，石油这个行业是值得我去拼搏奋斗的。

2016年12月28日，由我命名，并担任法人代表的金辉石化企业正式启动运营了，我感到一种无形的压力，同时，又感到自己年轻了20岁，早上起来边走边跑5公里不在话下，一天工作十几小时还不觉得累。俗话说得好，压力就是动力，正如陈毅元帅所讲，"大雪压青松，青松挺且直，要知松高洁，待到雪化时"。我是一名坚定的马克思主义者。九十年代，我是一名农村兵退伍安置不了工作，托熟人找工作。在等待中，我阅读了毛选四卷，毛的论述，无疑会让在黑暗中人看到光明，在低谷的人看到希望，因此，我看到了前行的方向。我挑起这个担子，心里已经明白，大有我不入地狱，谁入地狱的感慨。进军这个石油行业，有劝阻声音，有关心声音，有感叹声音，有鼓励声音，也有说"悬"的声音，但我认为，只有一个声音，那就是不到长城非好汉。前些天，去文昌拜访了一位离京在琼休养的首长，首长仔细问了我的上马情况，他说："大庆已没有多少油了，南海还没有开发，你从中东进油，为国分忧，是件利国利民的好事，只是你这点小实力，去搏总投资700亿的产业，不可思议，前无古人，后无来者。"

辞旧迎新的日子，对于每一个人来说，各有千秋，各有自己心中的五味瓶，过年了，不知不觉又想到开国元勋陈毅元帅的诗词《春待来年》，"年难过，年难过，年年过；事无成，事无成，事事成"。生活在现代文明社会的我们不要忘记过去的岁月，不是我们的思想守旧，而是革命精神力量值得我们永远传承下去。过年了，有的人吃肉，也有的人只能喝粥，有的人腰包鼓足，也有人两手空空。总之，在人生历史长河中，这一点又能算什么。我们的陈毅元帅，大革命失败后，返回家乡四川过年，家中没有一粒米，只有两腊肉，两个红薯，但他没有被眼前的困境击倒，反而更加坚定了对革命必然胜利的信心。今年是鸡年，是个好年头，在还没有钟表的时代，鸡与更夫是我们的知晓天明的唯一方法。从这个意义上讲，鸡鸣三遍，预示着天明，太阳从东方升起，一个崭新日子来临。毛泽东主席对鸡也有独特地看待，曾在诗词中表述，旧中国的黑暗，必须要有一个新的黎明到来，人民五亿不团圆，一唱雄鸡天下白。

农历十七开工了，减弱了酒肉的吃喝，减掉了大小红包的繁杂，减少了人际关系的应酬，一心一意两耳不闻窗外事，只念公司前进经了。公司既然定了前进的方向，领航人即要做经济上坚强的后盾，思想上也必须铺好路，正如毛泽东主席在井冈山时期，就确定了红军的指导思想一样。我亲手打造的公司文化长廊，七幅字框，一幅照片，包含了公司人事布局，公司指导方向，公司历史进程。

洛克菲勒传奇的一生

/

/

/

早在五个月前，接到海南省企业家协会通知，协会组织一部分企业代表赴美国走走看看。海南是南海的门户，国家"一带一路"大国崛起，大国战略的排头兵。同时，也为六月底，自海南省建省以来最大规模的全球招商活动，打下良好的商务活动基础。当然，去美国看看是我多年的心愿，今天，得以实现，欢愉心情不益言表。不过，这次美国之行，多了另一份心愿，那就是一定要到美国石油大亨洛克菲勒家族办公楼看看，尽管我不熟悉他们，因为我现在是一名石油战线上的新兵。在中国，儒家思想有着徒弟拜师傅的传统，就算小弟今天拜访大哥吧。

约翰·D洛克菲勒（1839.7.8—1937.5.23）美国实业家，人称"石油大王"。洛克菲勒出身贫寒，没有受过很好的教育，16岁就挑起生活的担子，洛克菲勒六兄妹，他排行老二。父亲从城里拣点货物到美国偏远的乡村倒卖，赚点养家糊口的生活费，甚至弄点假药，说是能治疗癌症的药，并一次收取一定的美金。用我们中国人的大白话讲，典型的江湖郎中，走江湖的骗子。不过，少年洛克菲勒没有学父亲那一套，而是在母亲的教导下，年仅16岁就到一家小工厂做了一名进出货物的统计员。洛克菲勒的母亲是个虔诚的浸信会教徒，心地善良，节俭持家，关爱左邻右居。母亲的教导，影响着洛克菲勒，他发迹后将财富十分之一用于慈善事业。洛克菲勒通过省吃俭用，也向父亲借点钱，19岁时同朋友一起开了个农产品转售小公司。由于他勤奋努力，精打细算，从不乱花一分钱，不抽烟，不喝酒，不赌，不嫖，慢慢小公司也积累了一定的财富。上苍总是青睐那些在等待机会的人。1859年，美国宾州开挖出世界上第一口油井，石油在美国统称为黑金。无数人疯狂涌入西北，乱采乱钻井的混乱场面，让来到现场的洛克菲勒痛感不已。仔细想想，他果断决定："不走火热的开采石油之路，走没有人走的炼油之路。"人为什么能成功，总有他独特的思维，眼光，总有他超人的气魄与胆识。后来事实证明，他的选择是正确的，为他日后成为美国乃至世界石油大亨打下坚实基础。

1870年，合伙人员在同他经营中，产生分歧，洛克菲勒举债买断对方股份。而后又同志同道合的友人，合办了"埃克森·美孚石油公司"。通过不断兼并，不断垄断，几乎控制了美国本土石油行业，也成了世界上最大的炼油商。在经营炼油厂过程中，并不是一帆风顺的，成功的道路上也充满曲折。一次大火，烧光了炼油厂。在灭顶之灾面前，洛克菲勒没有吓倒，更没有放弃自己的事业，通过银行方面的朋友们帮忙，渡过了难关。火灾过后，洛克菲勒更是严格加强对公司的管理，不出数年，财富已积累到非常惊人的数字了。1930 年，美国经济不景气，可洛克菲勒石油生意却做得风生水起。他决定在曼哈顿五街盖一座美国最大的歌剧院。此举，惊动了时任总统胡佛，胡佛总统召见洛克菲勒，通过私聊，洛克菲勒放弃盖歌剧院的计划，决定花 10 年时间，分期建设洛克菲勒商业中心。商业中心主楼为 69 层，附属楼 19 栋，所属楼地下全部贯通，站在中心主楼顶，曼哈顿一览尽收眼底。1987 年这栋楼被美国政府评定为"国家历史地标"。功成名就，财富可以敌国后，洛克菲勒专注慈善事业，出资成立洛克菲勒研究所，资助北美医学研究，根除十二指肠寄生虫和黄热病，对抗生素的发现贡献极大。他还对黑人非常关注，广设学校，让黑人孩子接受良好教育。他所创办的"芝加哥大学""洛克菲勒大学"，今天已成为美国两所顶尖大学。步入晚年的洛克菲勒用自传的形式，将一生经商经历告诉子孙，这本书已成为人生必读的励志书籍，他的许多言论，成为洛克菲勒家族行为准则及经商规范。世界首富比尔·盖茨把洛克菲勒作为自己唯一崇拜对象，他说："我心目中的赚钱英雄只有一个名字，那就是洛克菲勒。"其家族财富已延续至今天的第六代，打破了富不过三代的魔咒。

洛克菲勒于 1937 年 5 月 23 日逝世，享年 98 岁，他的传奇一生落下帷幕。

宝岛春之来临

/

/

/

　　海南是新中国成立以来建省最晚的省份，于1988年4月26日成立。那时我已经在定安坦克团服兵役了。建省后，我们坦克兵一天的生活费从2.4元，调整到每天4.2元，月津贴是19元，调整到38元。印象最深的是10万大学生闯海南，一时找不到工作的大学生上街卖报纸。当时进入海南，必须具备三证才能登岛，否则，按三无人员予以收容或者送到对岸的海安。同时，许多内地商人纷纷前来海南圈地盖楼，当初的海南房地产一片热火朝天的局面。此时，深圳从一个小渔村走上了快速发展的轨道上，逐步显现出来一座新兴经济体城市规模。中央决定调深圳市委书记梁湘到海南出任第一任省长，目的明显不过，借鉴快速建设深圳的经验，来建设底子薄的海南。

2003 年 5 月份，我在深圳工作时，同友人来到海南度假。当时虽然东线高速已开通，但是其他交通设施根本还是一片空白，所经之处破破烂烂，登岛人员也无须出具三证。

2009 年，《国务院关于推进海南国际旅游岛建设发展的若干意见》（国发【2009】44 号）明确了海南上升为国家战略地位，明确了将海南建设成为国际现代化的开放之岛，绿色之岛，文明之岛，和谐之岛。中央宣布海南国际旅游岛的成立，似春雷响彻宇宙，第二波来海南的淘金潮从全国四面八方涌来。相继的一些重大工程建设得以顺利完工，例如洋浦港与八所港的码头建设，航空方面环岛东南西北四个机场建设，交通框架田字形环岛高速公路、环岛高铁、中线高速、白马井至万宁高速。

刘赐贵从国家海洋局局长任上来海南任省长，这个皮肤黝黑的福建泉州汉子，他的雷厉风行工作作风也是许多老百姓非常敬佩赞赏的。上任初期，首先整顿政府工作作风。海南这个地方，流行喝茶，政府机关有相当一部分人，在单位点个名就跑到茶楼去了。省政府一系列治理庸懒散贪措施落实到位后，政府工作人员上班时间跑去喝茶，已成为历史，政府工作人员作风转变，大家是有目共睹的。他抓全岛旅游资源规划建设，确定一百个旅游村建设的目标，让来到海南的人，脚一踏上宝岛的土地，处处都是旅游景点。他制定的百日大会战，将永载在海南前进的历史中，他在省政务中心非常焦急地对各窗口工作人员说："要高效办事，只要不违背国家政策与法规的事，要打破框框条条，缩短办事日期，简化相关报批手续，高效体现政府职能。"发轫于海南的"多规合一"改革措施，被中央推广到全国实施。

他制定的青山碧水蓝天白云海岛旅游资源建设的规划，正在一步步实施，这次全岛的大小河流，大小河沟整治又为宝岛增色不小。他关心民生，走村串户，坚决落实中央精准扶贫政策。他总是时刻关心着老百姓安危，去年台风"艾利"正面袭击宝岛西线几个市县，他穿着雨鞋，雨衣同救灾工作人员，身临救灾现场指挥抢险救灾，许多现场受灾群众感动得热泪盈眶，纷纷说："这才是我们的父母官呀。"他顶住方方面面的压力，规定省政府制定的全省蓝图规划，任何人都不准随便修改。他要下定决心建设好宝岛，"一张蓝图干到底"。赶超台湾，赶超迪拜，把海南建设成让全球人都向往的度假旅游天堂。

石油，永不消失的黑金

/

/

/

从首都飞往海口的航班上，坐在我前排有俩人漫不经心在谈论，新能源电动汽车前景如何如何美好，未来燃油车将被电动车取代。我静静地听着，尽管自己心里有话说，但毕竟是陌生人，又何苦与他们争论呢。当然，他们的谈论只能代表他们个人观点，代表不了客观事实。其实，世界上诞生的第一辆汽车就是电动的。1830年苏格兰人，将电动马达装在一部马车上，打造出第一部以电池为动力的电动汽车，开启了电动车的历史。自此，美国，德国，法国，英国科学家们相继发明了耐用的电池。电动车清洁环保，干净，也没有像汽油难闻的气味，也没有燃油车巨大的噪音，也不用像燃油车换挡麻烦。当时，在西方发达国家，电动汽车在城市汽车当中，超越了汽油与柴油车。石油的问世，彻底改变了这一格局。电动汽车有它优秀的一面，可愁的一面是，它不能长途奔驰，跑山路无力，只能在城市转转等。

早在去年，我赴欧洲考察，在德国慕尼黑科技博物馆，看到了世界第一辆汽车展览的说明。世界汽车之父，德国人戴姆勒于1886年1月29日，研究发明生产出世界上第一台四轮汽油车。这种新的交通工具以汽油作为动力源。随着汽车事业在全球迅速发展，航空工业以飞机来说，无论是早期螺旋式飞机，还是现代的喷气式飞机，都要以石油为燃料，包括舰艇轮船。至目前为止，全球的科学家们，在100多年的历史中，也没有发明能取代燃油机的电动工具，这也是不争的事实。电动化是汽车工业发展的必然走向，因全球都在提倡节能减排保护环境，但许多领域电动是替代不了燃油的。

石油的历史可谓源远流长，伊拉克著名的乌尔古代遗迹，距今大约已经有五千年的历史。考古学家发现，遗迹城墙的砖与砖之间，被认为涂抹上了沥青，这是由重油凝固而成的痕迹。世界历史文献上也明确记载了古巴比伦人利用石油照明的故事。发现石油的历史，相当于我们华夏民族的文明史。石油是世界上最重要的能源之一，石油能源占世界上所有能源的百分之七十左右。石油驱动了全球经济的快速发展，石油带来的财富，使阿拉伯的酋长国们及中东地区国家，一跃升为全球最富有的地区。石油被人类广泛运用，但也给人类带来一定的灾难，那就是石油与政治捆绑在一起。以美国为首的西方国家，用强硬的军事手段打击"不听话"的拥有石油资源的国家，强迫石油拥有国能源交易都必须用美金。美国除了韩战，越战，其他战争都是因为石油而发动的。

石油是全球各国最重要的物资之一，欧盟已有几个国家列出禁售燃油车的时间表，我国政府提倡电动汽车行业发展，但没有发文禁售燃油汽车，现在不会，将来也不会，这是中国国情决定的。我国已超美国成为原油进口第一大国，大国的崛起离不开能源战略布局与支持，国家开明政策鼓励央企，民企走出去，与世界接轨，目的在于更好地保存自身的资源。石油从诞生到现在，直至未来，在某些领域是被电动和气体替代，但在某些领域已经是任何一种物理都替代不了的。石油会随着人类进化的脚步永远前行在路上。

纪念那些为中国石油事业
做出贡献的先辈们

/

/

/

抗日战争期间，中国所需石油主要依赖进口，以美国为首的三大石油公司几乎控制了中国整个石油市场。为了满足抗战用油需要，国民党政府于 1938 年 7 月在重庆成立了"甘肃油矿筹备处"，"中国石油之父"孙健初为总负责人。

孙健初临危受命后，组织相关专家学者，赶往甘肃，战风雪，斗严寒，日夜不停地考察当地地质及石油储量等概况，并写出了《甘肃玉门油田地质报告》，为玉门油田顺利开采提供了有力保障。日后事实证明，玉门油田向抗日前线，提供了 25 万吨石油，为打败日本侵略者做出不可磨灭的贡献。"玉门油井，科技救国"，在国内一时传为佳话。

国家投入大量人力物力进行石油勘探开发，将勘探石油工作在全国范围内展开，特别是改变了以往只注重西北地区，而忽视了东北地区的情况。专业队伍赴黑龙江地区不久，就传来了喜讯，在大同地区发现了石油，而且储备量超过中国目前为止发现的最大的油田。1959年国庆即将来临之际，黑龙江省负责人向中央汇报，建议将大同改名为大庆，为国庆10周年献礼，大庆油田这个响亮的名字叫响中国，震撼世界。自此，中国实现了石油自给，彻底甩掉了"贫油国"的帽子。

今天，美国这只纸老虎仍然在不惜一切代价控制着世界的石油，国际石油交易以美元为主要货币，从早期发动海湾战争，到现在伊拉克战争，都是因为石油。

今天，中国国企允许国外进口石油，但原则上不允许外销的决策是正确的，这也是国家综合实力的体现。

今天，中国的崛起，"一带一路"倡议，南海石油开发在不久的将来得以实现。

新泽西州的风

/

/

/

走出纽约纽瓦克国际机场，阵阵凉风吹来，美国西部，东部时差与温差的确有点大。我们今晚入住新泽西州的美国老牌喜来登酒店，放下行李，就同友人沿酒店周围散步。已是傍晚，但太阳还高高挂在空中，放射出刺眼光芒，风轻轻地抚摸着脸部，双腿感受到凉意袭袭，有点像小时候在家乡湖北从秋入冬时的风。

美国地广人稀，国土面积相当于中国，人口却只有四亿多，距离城市的房屋建筑基本上没有高层，六层以下基本上是木质结构，特别值得一提的是，房屋外都安装逃生用的钢筋焊接的梯子。正是没有高层建筑的阻挡，风从四面八方向你吹来，吹醒你的醉意，吹乱你的思维，也吹散你整齐的发型。

入夜了，风从我身边绿油油的草坪飘过，好像在诉说着曾经的辉煌。

我们一行在风中漫步交流，总有友人让我给美国做个总结，我说走完全部行程再说。但第六感告诉我："我们伟大的祖国与美国比较的话，用一个寓言故事做比较也许更恰当，那就是乌龟与兔子赛跑的故事，我们中国以前是乌龟，现在已经跑在美国兔子前面了，这是不争的事实"。

风，这异国他乡的风，继续向着我们吹来，没有声音，没有倦意。

纪念华夏民族发现石油第一人

/

/

/

石油，今天我们都不陌生，与我们在工作生活中一路伴随。如果时光倒流到宋代，那就是一个神话故事。其实，早在宋代，就有人发现了石油。

宋朝士大夫沈括（1031—1095），字存中，浙江杭州钱塘江人，宋朝伟大的政治家、文学家、科学家。少小家贫，勤奋读书，历经磨难，多次乡试，终于考中进士，并官运亨通一路高歌猛进，甚至成为皇帝身边的高参。

沈括在延州任职时，下村走访到一个地方，发现沙石和泉水相杂的地方，常常冒出一股股纯漆一样的液体。当地老百姓把这种液体称为"脂水"，采集到罐子里，用来照明。沈括生性敏感，断言："此物必大行于后世"，并把它命名为"石油"，石油名字由此而来。沈括在个人传记中也有描写石油的诗篇；

延州诗

二郎山下雪纷纷，
旋卓穹庐学塞人。
化尽素衣冬未老，
石烟都似洛阳尘。

轮椅上的"信念"

/

/

/

　　我们坦克四连这次广东佛山聚会，曾在四连当过排长的一位老人，坐着轮椅在夫人及儿子的搀扶下出现在聚会现场，让我们所有战友心灵感到震撼。

　　信念，信念是什么？信念是一个人的精神支柱，信念是一个人钢铁般意志的体现，信念是一个人只要一息尚存就必须要走向最高峰的决心。这位坐着轮椅也要参加战友聚会的老兵，是信念的力量决定了他要参加。这位老前辈，青年时肯定英俊伟岸。一排之长，手下30多号战士，指挥着铁甲猛虎坦克，是何等英武。完成了祖国和人民交给的任务，现在安享晚年，但心中仍难以割舍军人情结。

　　正是有了这种情结，才会走不动了，坐着轮椅也要参加战友聚会。当今社会，五花八门，各式各样的聚会太多了，但我可以毫不夸张地讲，没有任何一类聚会气氛能够超越战友聚会，特别是经历过战争的战友聚会。我们英雄的坦克四连是参加过对越自卫反击战的，我服役时的连长，曾在战斗中连续荣立个人三等功三次，火线入党提干，战斗结束后保送院校深造。每次战友聚会，最大的特点就是大部分人的声音嘶哑了，在短暂的几天时间里，要把分别几十年的思念全讲出来，加上 50 度以上的白酒猛灌，喉咙毕竟是肉制品，不是下水道钢制品。

信念的力量是伟大的。我们坦克驾驶员山东籍某战友功成名就后，出资 30 万将全国各地，只要是能联系上的战友，全部请到海南，请到我们定安老部队走走。这不是图名，更不是显摆，而是一种军人情结。我也因着这种信念，拿出 10 万，于去年请坦克四连战友去部队看看，在连队吃饭，再次体验大锅饭的豪情。信念更是传承美德，我希望坦克四连每一年"八一"都举行一次联谊活动。坦克四连联谊的火炬，从海南海口燃起，已越过琼州海峡到达了广东佛山，期待 2018 年 8 月 1 日在广西桂林再燃。

电影票错失的姻缘

/

/

/

我家乡的叶红坡小学风水很好，三面环山，小学坐落在山坡一块平地上，通往学校的路，分左右两边小道，汽车不能通行，就连自行车也只能推着走。这么个破旧的村办小学，却走出去了一个大洋彼岸美国某知名学府，享受美国联邦政府特殊津贴的终身制教授，一个中国某市市长，一个某沿海地区超级富翁，还有许多国家正处级干部。我也在叶红坡读完小学。在七八十年代，家乡农村的孩子为了不走父辈艰辛的路，就刻苦学习拼命读书来改变自己的命运。我二哥的同班同学许长纳的成长史，值得我写写。

许长纳兄弟妹妹五人，他排行老大，父母都是目不识丁的老实巴交庄稼人，为了送他上学，将其他兄妹学业终止，专门培养他一个人读书，家里唯一的一只老母鸡下蛋全供许长纳保证营养。许长纳十年寒窗苦读没有令父母失望，高考被福建某大学录取。大学毕业后，来到深圳在一家证券交易所上班。大学所学的专业知识，在证券交易所得到充分发挥，在特区好的政策指导下，他为证券交易所创造了辉煌业绩。许长纳掌握了证券市场行情，又有了一定的人脉关系，在朋友帮忙下成立了深圳××投资有限公司，几年的商海摸爬滚打，聪明加勤奋，运气加机遇，财富路上"1"后面加若干个"0"。他发迹后，在大鹏展翅欲飞的深圳市政府对面，买下办公大楼。将父母接到深圳安享晚年，兄弟妹妹每人送三居室住房一套，并安排在自己公司做事。同时，也向家乡捐资修建公路与小学。当今社会，人情世故，穷在闹市无人问，富在深山有远亲。许长纳事业一帆风顺，知名度一下传遍曾经读书的福建某大学。身在江西某市财政局工作的大学上下铺同学，率几个铁杆哥们同学来深圳拜访他了。为了接待好同学，许长纳邀请了在深圳工作的有头有面，平时关系好的几个乡友陪同。许长纳很讲究面子，接待朋友的第一个饭局设在深圳市罗湖区地王大厦顶层旋转餐厅。半斤茅台下肚后，许长纳几个同学话闸开始打开了，其中一个同学半醉半清醒，对着许长纳说："许长纳，你还记得咱们班里那个最漂亮的某女同学吗？五一劳动节放假的那一天晚上，她约你去看电影，你穷得买两张电影票的钱都没有，结果你不敢出门，躺在铁架上生闷气。"在后来的接触中，许长纳的那个同学又对我说："通过同学之间日后相互通话得知，那个女同学非常喜欢许长纳，如果许长纳那天晚上和她一起去看电影了，故事可能就是另外一个版本了。"

我的石油梦

/

/

/

年少时，准确点讲，小学毕业的梦想：好好读书，跳出农门。可命运之神没有为我打开"金榜题名"的幸运之门。17 岁，我参军，黄埔陆军军官学校是我心目中的神圣殿堂，一次初考，三年义务兵，为国守疆一生的梦再次破灭。三十而立，没有立起来，昏昏沉沉，为生计发愁，养儿持家，遵循父命度人生。四十不惑调思维，思考人来到这个世界干什么……

其实，每一个人都有梦想，是否能实现梦想，完全取决于做梦人是否有敢实现梦想的决心。

任何一个行业的起跑者，都是敢做梦的人。做梦的人，不是在做梦，而是超出常人的思维。华为的任正非在做华为梦的时候，又有几人不是说他在做梦呢？任正非进军通信市场一没有开发资金，二没有技术骨干，真正的拥有，只有他自己头脑中的华为梦。没有资金从深圳东门亲自摆地摊贸易做起，没有技术骨干，亲自到武汉理工大学挖人才。2万元注册资金，7个工作人员，在一个破旧的厂房车间搞研究生产，吃住也在一个车间，硬是实现了华为梦。

我今天做的石油梦，一是了解了国家能源政策允许民营企业经营炼油行业，二是中国已经是能源进口第一大国，这个行业在未来30年内不愁饭吃。三是国际石油市场在未来10年内，将改变以往美元交易格局，会发生一定的交易变化，一定是少数人大显身手的时候。四是完成炼油及自销加油站一体化后，成立石油勘探队，在本国及周边国家进行石油勘探与开采。我的石油梦，基地在东方市工业园，东方，东方，旭日东升必将普照大地，东方之龙，必畅游太平洋。

春天是播种的季节

/

/

/

中国的谚语说得好，"一年之计在于春，一日之计在于晨""春天深耕一寸土，秋天多打万石谷"。我之所以将公司第一次议定在 2017 年 3 月 1 日召开，无疑是想在美好的春天里，放飞我们金辉人所有的希望与梦想。此时，我很想知道华为的第一次会议是如何召开的，华为初创团队包括任正非在内只有 7 个人，在一个破旧的工厂仓库里，吃、住、科研、生产，这么一个环境，很难有第一次会议的纪要，更谈不上有影像资料。通过百度搜索，恒大的第一次会议有着明确的记录，在广东省佛山市西樵山。恒大的第一次会议包括许家印在内，只有 20 人参加，开完会后并合影留念。华为也好，恒大也罢，还是当今多如牛毛，多如繁星般的公司，第一次会议的定义，必将对其自身企业产生深远影响。

任何一个企业走向成熟，离不开企业主心骨文化的指导，一个没有主心骨文化的企业，他是成长不了的。一个企业只要有了主心骨文化，就如一个军事家，坐在室内，可以指挥千里之外的千军万马如何战斗，就如一艘船，在茫茫大海航行可以到达指定海岸终点。我之所以将毛主席，《水调歌头·重上井冈山》与《愚公移山》典故作为企业的精神食粮；我之所以将立足神州，走出亚洲，面向五洲作为企业的前进方向；我之所以将团结，诚信，友爱，拼搏作为企业主题词，目的只有一个，无论企业将来发展怎么样，企业主心骨文化要永远传承下去。

不可否认，当今社会发生巨变，互联网影响着我们的生活，影响着许多企业生存，也影响着世界经济走向。我以前不怎么关心互联网，现在是必修课了，主要是自身企业将同世界某些国家做贸易了。互联网的出现，传统与现代在冲击较量，政府体制与市场经济也在较劲，就如马云设想进军医疗领域样，"我先用支付宝看病就医，满意就刷卡，不满意就不刷卡"。何等的现实意义，何等的超前意识。互联网已影响着社会进程，好像人类以石取火，从煤油灯到数字时代的进化一样。

凤凰花开

/

/

/

才离开半月

你就红透笑嘻嘻地迎接我的归来

酷热的气浪

顿感一丝春的暖气

你开花的季节

垂枝婆娑挂满金红色花蕊

如此娇艳令路过的行人

笑语盈盈驻足拍照留影

你在等待开花的季节

甜尝早晨的甘露

苦尝黑夜惨淡力挺台风摧残

勇挡暴雨冲刷

凤凰树

你没有山的巍峨

你没有海的宽广

你只有一个坚定信念

深沉，坚实，默默地

扎根在大地

吐露芬芳春满人间

给母亲邮寄一把梳子

/

/

/

母亲大人八十一岁的生日与母亲节相隔才五天，工作的缘故，不能像去年那样为母亲祝寿，只能在北京王府井步行街购买一个玉手镯和一把梳子，邮寄给母亲大人作为生日礼物了。年少时，在爬格子写作时，就决定要写一篇关于母亲的文章，几经修改终于形成了《母亲的眼神》这篇文章，报纸刊登后并收录于我的第一本作品集。成年后，也是我人生赚到的第一笔钱，什么都不做计划，首先想到是一定要让母亲过上有质量的生活。我在县城中心地段买房后，便硬是将母亲和父亲接到县城住下。现在步入中年的我，也非常希望接母亲来我的工作地生活，但母亲身体健康状况已经受不了路途颠簸了。现在唯一能做到是，每年春节陪母亲大人过，每月汇一千元作为生活费，根据季节邮寄一些水果，时不时打个电话问候一下。

时下，提倡读书，讲求良知，颂歌孝道已悄然兴起，读书无用论，一切朝钱看，虽然是错误的，但也有一定道理。孝道是建立在知识基础上的，一个人如果不懂做人的道理，何谈孝道；一个人不懂得感恩，何谈孝道；一个人不去读点《论语》《增广贤文》《三字经》，怎么懂得孝道。孝道也是建立在经济基础上的，如果没有经济实力，有心而力不足，也是枉然。其实，孝道的本质是尊重生命，重视亲情。

海南企业家在国家"一带一路"倡议中的担当

/

/

/

夏季的海口，晴空万里，碧海蓝天，滨海大道上的椰子树整齐列队，欢迎来自海内外1600多名企业家齐聚海南省国际会展中心。同时，海南省企业家协会也组团参加了这次盛会。3000多名企业家共同讨论海南，在国家"一带一路"倡议中的作用与商机。

今日海南，不再是封建王朝流放政治犯荒岛的野蛮之地，不再是海南学子赴京赶考路途三月的孤岛，不再是人民解放军木排渔船解放的丢失的岛。今日海南，国家已逐步放开航空管制，与周边许多国家直航，并在岛内形成美兰、凤凰、琼海、儋州东南西北四个机场及19个直升机场布局。今日海南，环岛高速早已贯通，环岛高铁的贯通，填补了世界岛屿没有环岛高铁的历史。今日海南，让踏上海南岛土地上的人们，感到处处是景点的蓝图目标即将得以实现。身处这片土地上的我们这一代企业家，在国家"一带一路"倡议征途上应该发挥什么样的作用，值得我们去思考。对于一个企业家来说，不是你的企业上市了，就值得骄傲；不是你的企业是世界五百强，你就了不起；不是你的个人财富在胡润榜排行多少多少，就应该自豪。在我看来，衡量一个成功企业家的唯一标准，就是企业产品为国家所需，为民族生存进化所需，为国家创造税收，为国家解决劳动就业岗位。

在下午的嘉宾演讲中，有一位提到海南现在是国际旅游岛，该定位已上升为国家战略了。然而海南还没有鲜明的特色文化，就一句"要想身体好，常来海南岛"是远远不够的。打造好特色文化产业，才能驱动地方经济高质量发展。

纵观古今，凡是在某一领域有所建树的人，都是超前的思想者。当然，也有人说他是疯子。所以说，一名真正杰出的企业家他的内心是十分平静的，一旦确定了前进方向，没有任何事物能左右他的视线，没有任何困难动摇他的决心。正如我下定决心进军石油行业一样，吾志所向，似青松，风雨无动，直到目的地。海南企业家要勇敢担当，要以我不入地狱，谁入地狱的英雄无畏情怀作为自己的精神支柱，不愧时代赐予你的神圣使命，不愧戴在你头顶那一个企业家桂冠。

感恩我绿色生命的延续

/

/

/

今天，"八一"军旗飘过一个半甲子时光，整整90年。这几天，打开电视，看到各兵种英姿雄伟，军歌嘹亮，打开手机，看到全国各地战友以不同方式庆祝自己的节日，无不感到激动。让我感到更加激动的是，老连长告诉我坦克四连，于近期在广东佛山举办纪念建军90周年联谊活动，邀请我参加，我几乎不作考虑，答应准时参加。因我早在去年海口宾馆坦克四连第一次聚会时，曾郑重承诺，一定参加咱们坦克四连在广东的联谊活动。当时，坤明连长提议三年后在广东博罗举行，想不到提前了。

建军90周年了，人民解放军从小走到大，从弱走到强，我骄傲我曾是这支队伍的一员，我感恩上苍赐予了我绿色生命，我的作息时间还是部队作息时间，我的被子还是军用被子，我现在人防厂所有的员工都一律用军用被子，即将上马的东方炼油厂的所有职员一律实行军训两周再上岗的工作制度，中层管理干部一律"重走长征路"两周作为业绩考核。八月是个好月份，尽管我离开部队走向地方了，但在北京空军某部的儿子打来电话告诉我，他考上国防大学政治学院了。儿子也不容易，师傅领进门，修行靠个人，两年义务兵，当了班长，被空军司令部评为2015年度优秀士兵，去年又转为士官。我每次出差北京，总是叫他好好自学，我说："我今年47岁，还坚持学习，每天写管理经验，学习石油与国际贸易方面的知识。"功夫是不负有心人的，工作之余，儿子拼命地自学，终于有了被国防大学政治学院录取的答案。

企业成长离不开建造大厦般的构思

/

/

/

如果将企业定格在，像建造一座雄伟大厦那样构思的话，企业是永远充满希望与生命力的。

大厦的落成，首先是选址，就如你要办什么类型的企业，事先要核准名称再办注册手续一样。

确定了大厦建在某个地方，挖掘好地基不是件简单的事，请地质大队测量勘探是必备功课，或许大厦地基有水，有泥浆，有岩石。就如企业在前行的征途中遇到这样那样的问题需一一把它解决掉。在一片空白的土地上建造大厦，需要做出精确明细的财经预算，钢材、水泥、砖、沙采购多少？劳务人工费用多少？装修装饰费用多少等。企业在成立之初，也应当做出精准预算，事先的启动费用，征地建厂房费用，购买生产机械设备费用，烟囱冒烟后半年的原材料采购及员工工资等费用。建造大厦做不到精准预算是行不通的，预算做好了，建造大厦的资金落实不到位更是行不通的。企业也是一样，就算领到了各类合法经营资质，预算资金到不了位，也是空谈。

大厦建好完工交付使用，怎么管理好这栋大厦也十分关键。每栋大厦基本上都有物业管理公司，物业管理公司也设有多个职能部门，例如水电维修工程队、保安队、清洁队等。企业历经千辛万苦领到合法经营相关手续后，就如大厦建好交付使用一样。可以这么说，企业如何管理直接可以决定企业的成败。大厦分楼层，有超市、电影院、茶馆、餐厅等，各个楼面性质不同，经营的方法也不同，但管理是要讲究科学的。为什么同样的门店，同样的产品，有的赚钱，有的亏损，这就取决于管理的好坏了。企业应根据自身特点去管理，如果把华为的管理体系用在小企业上，显然不恰当，华为的管理体系适应已具有一定规模的大型企业。如果小企业，或者是刚刚才起步的企业照搬那些教父级企业的管理体系，是非常愚蠢的。小企业是人的管理，大企业是规章制度的管理。

建设好了，管理好了大厦，随之而来的经济效益也会好起来。企业好的效益，取决于它自身产品的生命力价值，一件商品，刚投放到市场卖 10 元，慢慢降低全 3 元，如果其原材料、人工、房租水电、税收等成本在 3 元以上，那

么这个产品必须放弃。企业的效益，也离不开天时，地利，
人和。

商会在现代经商中的作用

——纪念海南通城商会成立一周年

/

/

/

中国古代最杰出，最闻名遐迩，有历史文献明确记载的四大商帮，分别是晋商、徽商、潮商、甬商。古时商帮一纸票号能畅通全国，一队马队在茶马古道驰奔，商船在京杭大运河运输各类物资。在没有任何现代通讯的情况下，能做到物按时到位，不出差错，用现代眼光看，几乎不可想象。我想，四大商帮有的从唐至清末，才完全走完商帮特定的路，重要的是三个字——"威、诚、志"。"威"，打着某商帮旗号的商队，途经车匪路霸的地，山匪也不敢劫货，一是护送队伍武艺高超可以自卫，二是就算丢了，打听到抢劫人，也会追查到底。"诚"，四大商帮历经几个朝代，从其根据地扩展到全国各地，守信经营，诚信经营是每个商帮中心主题思想。如果一个商帮做不到信誉是他的生命，这个商帮肯定是短命的。"志"，古时商帮也很多，为什么只有四大商帮才被后人铭记呢？四大商帮从最初起家到全国声名显赫，所经历的历程并非一帆风顺，一定有艰难险阻。小志向商帮就在岁月的长河中风化了，大志向商帮历经千年也不朽。

纵观现代社会，古时商帮没有了，形式不同的各个商会，如雨后春笋般遍地都是。纵使商会千万家，我看成立商会的发起者与参与者，不外乎两这个字——"义"和"利"。"义"，我是商会发起者，深感义气在当今社会中的巨大作用，人活在这个世界上，一定要在人生道路上越走越宽，越走越长。正因为有了这个理念，我接受了家乡通城县委、县政府、县工商联委托，在热心的在琼工作与经商乡友力挺下成立了海南商会。只要有通城人工作的省份都成立了商会，为什么我们海南不成立呢？"义"字就变成了责任的责字。"利"每一个商会参与者或入会者，肯定要有利，有了利，商会才长久的维持下去，每一个入会者才有激情，才有热情参与。商会的力量是伟大的，无穷无尽的，通城商会入会企业已达45家之多，所属20多个行业，企业之间相互沟通，相互建立生意上的往来，一步步走向成熟，"利"字价值的体现得以发挥。海南通城商会已成立一周年了，是唯一外省县级社会团体组织在琼备案，登记注册获得批准的商会。我希望商会骨干企业，骨干力量及各会员，以及还没有加入的乡友们，大家共同努力，一起奋斗谱写现代英雄商会篇章。

力 量

/

/

/

力量是什么，我一直在思考，力量是无形的物体，看不着也摸不着，就如空气一样，人生活在大自然中，不觉得空气这种无形的物体重要，人一旦待在封闭的地方，稍许片刻就感到空气的重要性。力量也是一样，一个在某个领域或者某个行业创造出业绩的人，他一定是一个有超出常人力量之人。我所谈的力量，不是拳击手有力将对方击倒，不是举重运动员将几百公斤杆铃举过自己的头顶，不是民间艺人口咬绳索拉动一台汽车。而是像毛泽东主席青年时期脑海里就在慢慢累积，"问苍茫大地，谁主沉浮"的力量。

马云也是一样，他大学毕业后留校任教，不甘心粉笔一生教书育人，是无形的物体——力量，指引他诀别讲台，冲向一个未知的世界。当他将自己的想法与诉求，告诉朋友与世人时，嘲笑者对他冷语，寻求合作者说他搞传销，更有人说他诈骗。马云没有被这些世俗的言语干扰，放弃他当初微小的梦想，而是执着，耐心，坚守他的既定目标，在累积中爆发他的力量。终于，外商看中了马云，看中了中国十三亿人口大国市场。

马云的力量之大，是每一位企业家需要学习借鉴的。

想到力量，就联想到深圳市政府门口雕像之一，一个男人伸展双臂推开门框，这说明一个道理，中国坚决不能再闭关锁国了，一定要打开国门与世界接轨。

人来到这个世界，一定要有思想，有力量，有作为。

国庆感怀

/

/

/

灾难深重的民族

几千年王朝更替

几千年相互争霸残杀

几千年封建专制

几千年国门紧闭

当荷兰侵略者霸占台湾

当英国侵略者霸占香港

当葡萄牙侵略者霸占澳门

当英、美、日、俄、法、德、意、奥

八国联军铁蹄踏入我国领土

山河破碎

民不聊生

当家做主

俱往矣，数风流人物，还看今朝

伟大的毛泽东主席于 1949 年 10 月 1 日

用他老人家浓浓湖南口音

向全世界庄严宣告中国人民从此站起来了

中国人民自力更生

中国人民万众一心

中国人民在一张张白纸上

挥笔写下无数经典不朽

兴修水利，大办农业，造福子孙

发展工业，彻底告别洋钉、洋火、洋油时代

发展国防，拥有自己的核武器

大国崛起

满载中国物资的专列驶往欧洲

五星红旗标识的战舰、商船穿越

太平洋、印度洋、大西洋

银联标记的各类卡已在五大洲通用

黄皮肤中国人再也不用弯着腰走路

而是挺起脊骨

阔步抬头走在世界任何一个地方

决战 2021

/

/

/

今天，是新的一年的第一天，一切又是新的开始！

2020 年是多灾多难的一年，我们的生命经历了生与死的考验，企业同样也经历了关不关门的存活考验，能生存的企业，寒冬过后，必迎来春天。

2020 年的天灾，在中国共产党的领导下，已有效控制，民心齐聚，取得了决定性的胜利。可西方国家制度的不同，目前还得不到有效解决，同国际打交道的企业，业务受到一定程度上的影响，但也不妨碍正常的沟通。

告别昨天，往前走，该丢的东西丢掉，该忘却的忘却，轻装上阵，决战 2021。

2021 年，金辉石化将调整产业布局，携手中科院过程研究所，开工建设化工碳酸系列产品，携手沙特、迪拜石油，中能建葛洲坝第三建筑，开工建设东方油库。

原制定的2000万吨炼化战略目标，继续申报跟进不变。项目上马同时，金辉石化将在首都北京，中东，香港，新加坡设立石油业务联络处，便于开展工作。

金辉石化紧跟时代步伐，勇搏海南自由贸易港潮流，发挥军人打上甘岭的精神，"我不战斗，谁战斗，我不牺牲，谁牺牲，七尺男儿，就要有冲天干劲，我不入地狱，谁入地狱，"没有这种精神，是干不成事业的。

岁月悄悄地在流走，世界格局也在悄悄地告诉你，民营企业还在不稳定的环境下生存。民营企业要处于不败之地，必须记住三条：第一，良好的政商关系，但不能有经济往来；第二，遵纪守法，不能偷税漏税；第三，融合外资，尽量做到不要国有银行的钱，就算需要，也不要外移，并要还进去。

2021，金辉石化向石化行业进军的号角已吹响，稳步走好国内，国际石化贸易，开工建设好海南省权限范围之内的碳酸系列及油库项目。力争在5年内进入海南省企业前10名之列。

起跑吧，2021！

棋

/

/

/

楚河汉界的撕心裂肺搏杀仿佛就在眼前

成者为王，败者为寇

时势造英雄

掌握棋盘，为谋局者

先谋略，而后动者，为智者

先冲锋过河为勇者

炮打目标为斗士

马踩敌人为强人

车灭对手显身手

象飞田字守家园

士保主帅尽职责

主帅稳坐钓鱼台

气吞山河定乾坤

人生如棋

有静，也有动

有低谷，也有高潮

有逆境，也有顺境

人存活在世间

就要好好下一盘棋

兵哥哥有话说

/

/

/

长安街上
四环湖边
我迎接微风洗礼

千年古都
我真是想做一钓翁
不问世界事

上有母亲眼神的关注
下有女儿的企盼
更有方方面面的观望

我要去战斗

战士除了拿起钢枪去冲锋

别无选择

成者为王

败者为寇

谁也主持不了正义

事业前进的道路

人们只知道路面行驶的车

我是这片热土地成长上的人……

包括我

少年的梦想

青年的希望

中年的企盼

老年的展现

龙塘河边

有我训练流下的汗水

五指山下

有我坦克的轨迹

万泉河边

有我们军民鱼水情的欢歌

致 70 后的我们

/

/

/

今天是五四青年节

70 后的我们

还年轻吗

或许回答的声音

太多，太多

但干革命，干事业的人思想

永远是青春的

古人说

人的一生

60 岁为花甲

那是一个甲子岁月

也许 70 后

我们进入老年行列

到岸的先辈

悄悄告诉我们

好好，好好地干

你们 70 后

正是干事业的年龄

幼稚不再是你们童话般的幻想

成熟是你们确定方向的永恒

我们 70 后

如秦岭山脉

一半是上苍

一半是本身

一边是寒冬

一边是春天

70 后，的确是人生分界线

关于青春

毛主席曾寄语

你们青年人

朝气蓬勃

正在兴旺时期

好像早晨八九点钟的太阳

希望寄托在你们身上

我们 70 后

永恒的定格在

中午 12 点钟太阳

人生正当时

70 后的我们

经历了风雨

更熬过了冬雪

70 后的我们

背上脊骨如泰山

承载岁月沧桑

仍然挺立在神州这片土地上

70 后的我们

决不会为了几斗米

弯下自己的腰

70 后的我们

更加讲民族大义

无论从事什么行业

我们随时听从祖国召唤

天下兴亡，匹夫有责

当今天下并不太平

西方列强

时常发难

东方睡狮已醒

朋友来了有好酒

豺狼来了，迎接它的有猎枪

我们 70 后

不负青春的一代

赞洋浦经济开发区

/

/

/

千年盐田

讲述这片古老土地与港口的许多故事

海边荒滩摇曳的芦苇

向着天空与浩瀚的海洋

显摆着无奈身影

这就是洋浦港

悲壮连着等待

有含金量的土壤

迟早会闪闪发光

它沉默得越久

它爆发的力量就越大

洋浦炼化的崛起

奠定了海南工业龙头老大的地位

它带动上下游产业链

将撑起海南经济大半边天

华信国际贸易

年均千亿

纳税 40 亿

书写石油界不朽的神话

这片土地不再荒凉

充满生机

工厂林立

人流如织

人们感恩为这片土地付出心血与汗水的领路人

还有成批成批的建设者们

大国北部湾战略

部署未来

冲锋号催人紧

现在的洋浦

如大鹏展翅

一飞冲天

东方临港产业园
临高金牌港开发区
是它的左右两只翅膀
迎祖国建设海南东风
遨游世界

洋浦，中国南海之宝港
面朝印度洋与太平洋永远前进

潮涌东方

/

/

/

海南自由贸易港的巨轮已启航

东方鱼鳞角的灯塔

指引驶向印度洋与太平洋

东方是片富饶而又神奇的土地

八港七湾

84.4 公里海岸线

讲述着海上丝绸之路不朽的传说

黎族先祖

从这里登岸

三月三的欢歌

从古老唱至现代文明

哥隆人的婚礼

映射出时代的变迁

付龙园遗址

新街贝丘遗址

载着厚重的历史

难以淹灭

汉马伏波井甘甜的泉水

教育后代人

吃水不要忘了挖井人

万人坑

永远的伤痛

唤醒我们永做华夏东方人

铁路博物馆

展示东方早期的工业之基

东方,北部湾一颗灿烂的明珠

昌化江从这里走向海洋

黄金丌采是海南第

海域天燃气储备中国第三

华能电厂的风杆

就像东方巨人

向世界招手

快来这财富宝地吧

这里可以让你伸展拳脚

大显身手

中海油的烟囱

冲向天空

如东方的崛起

谁也拦不住他冲天的干劲

金辉石化蓝图已描绘

必浓墨重彩

写下金辉石化人

在南海之滨的

丰功伟业

度

/

/

/

丁忧时光，我将中国历届阅兵，历届党代会都粗略了解了一下，还是对改革开放后的一些时代风云人物更感兴趣。从事企业经营的人，一定要捉摸透成功的人，金字塔顶尖的闪光点是什么，失败的人，他为什么倒下，一定要深刻理会，并卧薪尝胆牢记于胸。

党的十一届三中全会确定改革开放政策后，天津出现了农民企业家禹作敏，在选村干部时，他对大邱庄村民说："大家选我当书记，二年不脱贫，不带大家致富，我下岗。"他的豪言硬是实现了，把大邱庄，改造成闻名全国的"首富村"。

但禹作敏没有法律观念，公然抵抗国家执法机关，挑战共和国宪法，最终沦为阶下囚，自取灭亡。关键词：不懂法。重庆的牟其中，白手起家，口袋没有半毛钱，但思想活跃，可以拿火车皮干货去苏联换飞机，购买货物的钱还欠着，飞机又抵押到银行贷款，如此一倒，赚得了人生加企业的第一桶金。如果此时止住脚步，不去开发满洲里，保本经营，可能没有牢狱之灾。关键词：超越了度数。直至今天，70多岁的老人家，出狱的第一件事是重庆老家母亲坟头拜拜，之后还是要东山再起，打算继续开发满洲里，可敬可叹。

时代的浪潮，会淹死一些人，也总是涌现一些杰出人物，用唯物主义辩证法看，发展的实质是新事物的产生和旧事物的灭亡。华为的任正非，是这个时代的优秀人物。干了半辈子工作，突然辞职下海，刚开始才一个小加工厂，5个小股东入股后退股，一个人拼命撑着，老婆离婚，背负几百万债务，但苍天不负有心人，还是熬过寒冬，迎来了春天。他今天的成功，来之不易。我想起了作家冰心曾讲过的话："成功的花，人们只惊羡她现时的明艳，然而当初她的芽儿，浸透了奋斗的泪泉，洒遍了牺牲的血雨。"华为值得我学习，因为华为有担当有作为。华为一不上市，二不银行贷款，三不偷税漏税，四不攻政府关。在当今现实社会中，企业很难做到。

华为起初儿年是没有太多规范化制度的，是因企业慢慢成长，逐步完善形成了"华为式"教科书。现在许多企业都到深圳华为总部培训取经。

企业家存活在竞争日益加快的时代的确不容易，要想自己的观念不老，使企业如泰山不倒，我认为当代企业家必须具备以下的素质：

一、高度关注世界各国政策信息，特别是与各国产生业务往来的企业。

二、高度关注国家政策信息，特别是本企业主管部门政策信息。

三、依法纳税，不偷税漏税。

四、银行贷款，按期归还。

五、崇廉尚洁，不行贿。

六、掌握企业自身产品市场生命率。

七、三七开模式发展企业，一分搞本企业产品科研，一分赠向社会，一分用于接待及职工旅游，七分用于本身企业发展。

八、刚成立的新企业，要寻找适合自己的生存之道，功成名成的企业教材适应不了才起步的企业，照搬人家的东西是行不通的。如红军长征，苏联军事顾问米到中国瞎指挥是失败的，一定要摸索自己的一条路。

九、以建筑房屋理论来发展自己的企业，先设计，挖地基，扎钢筋，灌混凝土一步步来。

十、企业形成规模时，一定要形成管理体系，并付之于制度实施，制度才能管人，做到奖罚分明。

十一、尽量做到耕耘企业主业，不跨行发展，做到有度。

十二、一位出色的企业家，一定是一位有度的，有思想的企业家。

勇搏激流，方显英雄本色

/

/

/

秋高气爽，艳阳高照，北京的天气非常凉爽，才10几度，对于一个从海南30几度热带地区过来的人来说，就一个词形容：舒服。

好的天气，自然而然会带来好心情，今天，也是我生平第一次走进曾是帝王垂钓之地，现为国家领导人接待外国元首的重要场所。

入住钓鱼台，此情此景，产生许多感慨。对于我本人，对于金辉石化来讲，从摸着石头过河，到按程序进行，是一个艰难曲折过程。

海南的发展，离不开工业支撑，时间会证明我今天的观点。国务院副总理韩正，也是我们海南自由贸易港领导小组组长，考察海南后得出一个结论，海南必须大力发展工业。现在，喜闻中石化在洋浦炼化增加一条生产线，中海油在东方增加一条生产线。同时，国家将海南纳入国家十三五石化产业计划范围，这对于工业基础薄弱的海南，无疑是一份厚礼。

历史总是眷顾那些胸怀天下，胸怀苍生的有志者。正如一位为海南工业做出突出贡献某省领导所言，"金辉石化一旦上马，你吴小龙不是海南的吴小龙，而是中国的吴小龙，世界的吴小龙"。

我常常用这句话，鞭策自己永远前行在石化的道路上。

问与答

/
/
/

谁不想成为天上飞的龙
而谁愿做地下爬的虫

谁不想当将军
而谁愿是等待接受命令的士兵

谁不愿富甲一方
而谁愿守二亩田

谁不愿升官发财
而谁愿原地不动

谁不愿高朋满座
而谁愿咸菜喝粥

谁不愿周游列国
而谁愿固守封地

芸芸众生
各求所需
凡夫俗人
天命难为
八字有重
何惧前程

手　印

/

/

/

你深深地摁下

你的手印

你也是人妻

你也是人父

你也许还是单身

但你没有考虑自己的小家

而是奔赴武汉

去顾及一个更大的家——国家

鲜红的手印

是要用你生命与鲜血来描写的

也许你再也不能回来

你的名字

将写在蓝天

飞翔的和平鸽

传递着你的笑脸

你的名字

将写在大地

你的身影

在机关、学校、工厂、城市、乡村涌现

你摁下的是决心、承诺、誓言、豪情

更是保证

尽我所能

以及我个人生命

去保护，去护理，去治疗那些

需要阿护的人们

你的手印

将载入史册

如小岗村

十八位农民的呐喊

烙印一个时代的改革

你也深知生命可贵

谁不爱护自己的生命呢

当你摁下自己的手印时

你鲜红的手印

已深深地摁在中国 14 亿人民心中

路

/

/

/

"路"，在《新华字典》里只有 13 个笔画，而对于一个人，一个企业来讲，浓墨重笔写好这个"路"字，可不是一件轻松的事，或许要付出毕生的精力，才能写好人生与企业的道路。

改革开放后，社会流行语之一"要致富，先修路"，成为当时响亮的口号。路在何方？其实，在此之前，重庆的牟其中已经写下了《中国向何处去》，其观念为：中国的出路在于在共产党领导下，建立起社会主义的商品生产体系。

随着安徽凤阳小岗村 18 位村民血印承包责任制呐喊，中国改革开放的路基，清晰的展现在人们面前。

走什么样的路，首先是决策者要有这个想法，邓总曾在 1992 年南方谈话时讲过："中国只要不搞社会主义，不搞改革开放、发展经济，不改善人民生活，走任何一条路都是死路"，"中国穷了几千年了，是时候了，不能等了"。

确定了路的方向，怎么用理论武装自己的思想，成为一个人与企业的关键所在。古时红顶商人胡雪岩美中不足是没有一套理论武装自己的商业版图，就如一幢大厦没有栋梁，风雨来了，便随时可能倒塌。有理论基础的企业，如沙漠胡杨，千年不死，死了千年不倒，倒了千年不朽。

由此可见，一个人也好，一个企业也好，确定前进思想，并将之灌输入自己的血液，直至历史使命终点。

金辉石化的路怎么走，可以非常的透明地告诉世人。

路的方向：以大国"一带一路"倡议为指导。

路基，在海南省东方临港产业园。

路的基石，金辉石化加油站，金辉石化东方油库。

路的理论基础，金辉石化课堂系列教材。

近期国家规划出台的北部湾战略，已渐渐形成气候，海南的对岸，巴斯夫全资投产的 2500 万吨大型炼化厂，获国家发改委正式批复，第一期建设已破土动工。本岛中石化洋蒲 100 万吨乙烯生产线及 30 万级码头，也破土动工了。这标志着北部湾战略，振兴国家石化产业战斗打响。

路，就在我们脚下，走出一条属于我们金辉石化人的康庄大道。

决心决定了人生

/

/

/

在北京飞往海口的航班上，无意中观看了电影《至暗时刻》。原本下了飞机，就想写点心灵感受的，这个声音，那个声音，这个事，那个事的，无法静静地做好随笔。

今晚，决定静心写下本片的观影感受。

《至暗时刻》讲述英国前首相丘吉尔的临危受命，不仅改变了自己一生，也决定了英国的命运，正如他妻子所讲："牺牲了个人小家，成就了国家这个大家。"

丘吉尔从小就有一个愿景，生当作人杰，他在等待机会，机会来临了，毫不犹豫勇敢担当，他的愿望，就是要等这个机会降临。他的行事风格令人捉摸不定，许多人认为他是酒鬼，在清晨的床上，不洗脸，不刷牙就喝两杯威士忌酒，啃面包，中午，晚上照样再来两杯，十足的贪杯人。

正是丘吉尔有着独立的思想，有着自己的行为风格，才挽救了英国。如果保守派议和，英国就成了德国纳粹的附属国，丘吉尔在判断推理中，只身走向底层人民中，听取他们的呼声。各行各业的民众一致不愿当忘国奴，身为国家首相的他，是时候下定决心与敌人决一死战了。由此，发表了震撼世界的演说："我们决不投降，我们在海洋，在空中，在田野，在街道与敌人战斗。"

一部电影看完，联想自己的一生，大是大非面前，该下决心的时候，就要下决心，管那么多干嘛，黑夜过后，黎明必然来临，冬天过后，春天也必然来临。

决心是一个人走向成功的必备素质。

我的七月

/

/

/

七月，是个好月份
我们的党诞生了
我们的香港收回来了

岁月的轮回
有七月
我个人的命运
更有七月

事业前行的脚步声中
想到新月派诗人
徐志摩的话

得之我幸，不得我命

追女人，干事业

也许源于人的本性

宝岛的七月

海南自由贸易港

卷起狂潮

我们是当代

最勇敢的追潮人

不要怕被风浪冲走

只有经历风吹雨打

方显英雄男儿本色

七月

一年的时光

消耗一半

如我 50 岁的年龄

走完人生一半

七月，70 后

双层的含义

使命也是双层的含义

金辉石化的火炬
永恒的定格在
祖国的南海之滨上空
随自由港的东风
永远的飘扬

七月，我就靠你了
海南自由贸易港
我就靠你了

渔　夫

/
　　/
　　　/

我站在

启航船的甲板上

眺望周围的世界

前方只是蓝色大海

左右是榕树母亲般的包容

后面是期望无语的祈愿

归来吧

我的父亲

我的丈夫

岸上的香火

鞭炮的声音

淹灭岸上的泪点与嘱咐
渔夫扬帆起航了

此刻的渔夫
除了沉重的积木
永不倒下的帆杆
还有扭成象征团结的帆绳

面对无声与有声的宇宙
渔夫也必须出航

出海了
渔夫的脑子
只有一个信念
那就是收获
金枪鱼也好
大螃蟹也罢
统统打捞装船

遇风了赤裸上阵
欲与大公试比高
迷航了看太阳升起

及时调整方向舵

暴雨倾盆

大声呐喊

让暴雨来得更猛烈吧

挺拔的脊梁

不经风雨冲击

怎么显示他的伟岸

渔夫出海捕鱼

与共产党人干革命一样

看不清前方

但有必达终点的决心

这就是渔夫与共产党人的信仰

渔夫收获的是

个人养家糊口及东家合约

共产党人收获的是

华夏民族普众幸福安康

渔夫出海了

也不惧埋沉海底

英雄总是与业绩并存

苍穹怒火

总是与血火盛燃

渔夫之勇

渔夫之志

渔夫之胆

天地可泣

静

/

/

/

窝在家里

静，是生命的主题

是一种个人思想得到升华

特别值得思考的是

人生

小格局自己的人生步骤怎么走

大格局盼的是世界太平，国家强盛

静，可以思索到秦始皇功绩

统一六国

统一货币

统一文字

统一尺寸

统一车轨

修建的长城，成为民族的脊梁。

静，我才有时间

读懂了胡雪岩

13 岁的年龄

母亲的家教

不义之财不要

避雨的凉亭

拾到的金银

等来归还失主

母亲是他生命第一个启蒙人

自此，从乡村走向外面的世界

勤劳，忠诚，上进

懂人，识人，跟人

是他的处世之本

从放牛穷小子

到富可敌国

书写了一生传奇

静，我在寻找华为的足迹

任正非肯定是位坚定的
马克思，毛泽东思想跟随者
华为所有的中层干部
必须读马列
必须重走长征路
必须理论武装企业
华为才是真正的民族企业
因为华为担当了
时代责任
如果没有华为
外国通讯企业
赚走的人民币不知多少

静，一个人晚上
坐在房间
可以看清窗户外的
影子，星星，月光
可以听到窗外呼呼的冷风
好像这冷风
是千里之外家乡湖北飘扬过来
我好像听到了
三闾大夫屈原悲哀的诉说

静，想到了我新兵连

防生物化学武器训练

笨重的防毒面罩

厚厚的防护服随我穿越椰林山丘

作为军人

我懂得抗美援朝细菌战

我懂得伊拉克化学武器战

静，我想到了金辉石化

坦克兵出身的我

以装甲兵钢铁般的

决心，信心，恒心

完成他的使命

公元 2020 年 2 月 16 日，草于海口寒舍

2020，我的 2020

/
/
/

翻过的日历
已成皇历
只能在记忆中找寻

一万年太久
只争朝夕

只争朝夕
莫负韶华
声声憾吾心灵
我的命运与海南岛同在

我上岛的时候

海南还是广东省的行政区

88 年建省

办中国最大的经济特区

我是共和国卫士之一

也要出示士兵证才能靠岸

建省办经济特区

2008 成立国际旅游岛

俱往矣

还看海南特别行政区

我们在岁月蹉跎中走过

2019 亚洲博鳌论坛最焦点的话题

海南自由贸易港

新的岁月

新的征程

挑战与担当新的使命

海南要有个"任正非"式的人物出现

改革开放初期
任正非在深圳
叫板了通讯央企
叫板了通讯外企
华为没有在中国五大行拿一两银子
反而为中国赚了许多外汇

华为的崛起
任正非的问世
民族企业家这顶桂冠
非任正非莫属

海南的前景
在哪里
海南的前景在南海

海南
大有作为

2020，我就靠你了
不负岁月
永远前行